낮
달

# 낮달

**발행일**  2025년 3월 21일

**지은이**  원정섭
**펴낸이**  손형국
**펴낸곳**  (주)북랩
**편집인**  선일영                          **편집**  김현아, 배진용, 김다빈, 김부경
**디자인**  이현수, 김민하, 임진형, 안유경, 한수희     **제작**  박기성, 구성우, 이창영, 배상진
**마케팅**  김회란, 박진관
**출판등록**  2004. 12. 1(제2012-000051호)
**주소**  서울특별시 금천구 가산디지털 1로 168, 우림라이온스밸리 B동 B111호, B113~115호
**홈페이지**  www.book.co.kr
**전화번호**  (02)2026-5777                    **팩스**  (02)3159-9637

**ISBN**  979-11-7224-545-0  03810(종이책)       979-11-7224-546-7  05810(전자책)

**(주)북랩** 성공출판의 파트너

북랩 홈페이지와 패밀리 사이트에서 다양한 출판 솔루션을 만나 보세요!

**홈페이지** book.co.kr   •   **블로그** blog.naver.com/essaybook   •   **출판문의** text@book.co.kr

**작가 연락처 문의 ▸ ask.book.co.kr**

작가 연락처는 개인정보이므로 북랩에서 알려드릴 수 없습니다.

원정섭 시집

# 낮달

빛과 어둠 사이, 낮달처럼

북랩

# 1부

## 2부

# 3부

# 4부

1부

# 하루

어떻게든 되겠지

어떻게든 있다가

어떻게든 없겠지

그 사이를

나직 나직 걷다가

불고 부는 바람에 하루씩 해어지고

하루만큼 헤어져

이슬이나 달빛

거미줄, 같은 것에도 걸려

넘어지고 엎드러지겠지

좋아, 사는 건지 죽는 건지 모르겠는

이런 하루

# 하루 2

오늘
별일 없이 하루를 보내었으니
잠에 들어도 될까요?
들어야 하나요?
들, 수밖에 없나요?
다른 길은 없나요?
꿈속에서나 이날에 사죄할 밖엔

# 잠시 앉았다
## 날아가는 새처럼

창틀에 날아와 앉아있는 하루

새로 돋은 순결한 그 깃털을 만져본 적 있는가?

하루에 걸터앉은 창은

따로 지닌 마음이 없어

하루 종일 하루에 물드네

# 밤에 현존 1

좋은가?
한 세상 재우고
한 세상 깨우는
어머니 코 고는 소리


높이 뜬 달 이리저리 숨기는
구름 가는 길 순탄하고
잠깐 내린 눈에 차들은 흰옷을 걸쳤네
얼어붙은 길들은 달빛 아래 이제 편하고


시린가?
문 닫고도 들리는 이 밤.
꿈꾸는 어둠 부푸는 구름
말똥말똥, 귀 열리는 달빛 별빛

고마운가?
잃지 않고
잊지 않고
코 고는 어머니 소리

# 엄마

지그시 눈 감은 채
허물어져버린 몸속에
이토록 깊은 바다
이기지 못한다
위태롭게
떠받치는 힘.


굳어버린 두 손이 쥐고 있는
집 나온 삶이어도
방해하면 안 된다
안 그래도 돌이키는 파도
등 떠밀면.

일어야 할 풍랑과
파도가
당당히, 오고 간다

# 엄마 냄새

그윽한 시간의 냄새

누워버린

아픈 삶의 냄새

열매를 맺으려는 삶이

오래 눈감은 채

모르는 채

향해 가는

영원의

냄새

# 등불집

아직 놓지 말아요
좀 더 밝히고 계세요
그 불 아래
그 등불에
기대있는 당신의 그림자를 생각하세요
그 빛으로
어깨에 내려오는 어두움 털어내는
흔들리는 그림자를 생각하세요
바닷물처럼 밀려드는 잠 속에서도
당신 얼굴 당신 젖 만지던
오래전 한 아이를 기억하세요
그 때
서글펐던 당신의 집
오롯이 당신이 지은 집
가난하고 춥게
당신이 켜있던

등불집

# 마지막 눈물
### - 그것은 남은 힘을 다해 내게 보내준 엄마 마음

저릿저릿한 방 안에
몸이 보이지 않는다
꿈결같이 사라져
입맞출 수 없다

집 하나가 생겼다

알 수도 모를 수도 없는 시선이
나를 보고 있다
따뜻한 듯 마음에 드는 듯 헤아릴 길 없이
물끄러미, 지그시, 나를 본다


엄마가 들어간 액자 안은 이제 엄마의 집

집이 통째로 저린다
말이 말할 수 있을까
이별을
말들이 말할 수 있을까


오래도록 떨리던 생명 하나
주루루 하늘로 흘러내렸다

# 고통 1

인생은 한낱 안개와 같다고
풀의 꽃과 같다고 아침
이슬이라고 그런데
믿을 수 없는 아침
이슬의 고통
풀의, 꽃의,
안개의
그러면 안 되는
나의 가장 깨끗한
피의
고통

천 년
내 등이 물려받은
촘촘이
꼼꼼이
영롱히
천 년 네 등에 새겨질

# 고통 2

서서히

몸을 점령한 것들

점령하고

몸에 갇힌 것들

쓸쓸해서

몸을 벗어나지 못하는 것들

마침내

몸과 하나가 되고

몸의 영혼이 되고

이제는 몸의 노을이 되려는 것들

# 문 열면

문 조금 열면
문틈으로 들어오는
바람과
빛과
움직이는 것들의
어둠


어디에서도
빛과 만나지 못하는
고독하고 분주한
어둠

# 그늘

빛이 부딪힌 곳

부딪혀

묻혀버린 곳

묻힌 곳에서 쉬고 있는

다시 보니

빛의

부활

# 향연

이쪽의 상처와
아물지 않은 저쪽
맞은 이쪽 뺨과
돌려대지 못한 저쪽
어느 곳에도
나는 없다
내미는 손 뒤
움츠리는 손 잡고 싶은
손이 묻힌다
마음이, 얼굴이 묻힌다
모두 묻히고 만다
마음에 묻히는 마음
얼굴에 묻히는 얼굴
묻히는 생 묻힌 생
묻혀 오래도록 생생한
생 뒤의 생

살고 있는 그 무덤들 모여
삶을 되뇔 때


향연, 묻혀 고요한

# 따뜻한 바닥

이것을 무엇이라 해야 하나
힘에 겨운 하루
잠시 등 대고 누웠을 때
등을 타고 오는
등으로부터 오는
이 따뜻한 어둠
따뜻한데
만져지지 않는 흔적

등을 받쳐주는
이 따뜻한 바닥의 아래에는
민들레처럼 꽃씨를 퍼뜨리는
아주 가벼운 죽음이라도 있는 걸까

삶은
늘 대수롭지 않았고
차오르지 못한 채
얕은 시내처럼 속을 다 내보이며 흐르다
눈부신 햇살에 어느 날 문득 증발해버리리

그러니 이 모든 순간
순간은 기척 없는 삶의 기척

삶과 죽음이 원래 쌍둥이일진대
나는 다시 내 등에게 묻는다

넌 이것을 무엇이라 하니
이 따뜻한 바닥

따뜻한데
자꾸 내려가는 이 생의 맨바닥

# 외딴 집

어떤 집
삶이 시작된 듯, 문이 막혔다
막힌 문을 곰곰이, 뚫고 더디 나오시오
문이 닫혔다
닫힌 문을 밀며 곧게, 나오시오
나가시오
잠근 문 열고 그대가 가오


누추, 허름한 기억들 데리고
삶을 시작할 것, 여태 시작해본 적 없는 삶
행인지 불행인지 구별할 수 없는 시간들 데리고
내어보오 꽃. 같은 것들을

선을 본받고자 하는
악의 눈여겨볼 만한 선의(善意)
그만큼의 아름다움을


내어보오
외딴집의
용광로

# 퍼즐 맞추기

각자에게 나눠준 나의 모습을
누군가들에 흩어져 있는 나의 모습을
이제 불러들이자
여기, 저기 흩어진 내 그림자들
나이고
나 아닌
수만 장 복사본
그대들 속 나를 보내주
그대들에 붙잡혀 있는 나를 좀 보내주


버려주
일어나 비로소 제 퍼즐들 가지고 돌아올 수 있도록
서툴게 맞추어보다 서둘러 내어보낸
나의 찰나들

# 생에의 예의

숨어있는 것들에겐
나오라고 하지 않는 것이 예의
찾고 싶은 자가 찾아 나서는 것이 예의
찾아가 그 앞에
함박 절이라도 올리는 것이.


찾아 나선 길 끝에
숨어 있는 것들이 없으면 어떠리
답이 없는 게 답인
사랑스러운 문제들이 얼마나


생이 보여 주지 않는 걸 보려 하지 말자
생에게도, 시간에게도
아까워 아무에게나 보여 주고 싶지 않은
비밀들이 또 얼마나

# 이유

울어요
새가 노래하듯이
알 수 없는 이유들이 노래해요
새의 울음을 노래라 하듯이
눈물을 삶의 노래라 불러주어요
눈물은 감당하지 못하는
몸의 별들
새가 날아간 자리
별들도 흔적은 없어요
오늘은 오늘이 오늘만큼 울다 별이 되고
내일은 내일이 울다가 별이 되겠죠

눈 속엔
수평선에 걸린
오늘이 있고
별들이 있고
새들이


우네요
혹시 눈물일까요
살아갈 솟구치는 이유

# 그렇고 그런 시간들

어떤 시간이 있었네
엄마 팔베개를 하고
시간을 바라보던 시간
외롭게 그가 가고 있었는데
그것이 시간인 줄 모르고
말똥말똥 바라보던 시간이

만화 속 얘기를 듣고 있었던 것 같아
엄마가 읽어주는 무슨 얘기를 듣다 말고
그의 가는 것을
나는 어찌 지켜보게 되었을까
싸-한 바람이 잠시 불었던 것도 같아
엄마 품에 누워
그가 지나가는 소리를
말똥말똥 나의 귀가 듣고 있었네

그렇고 그런 시간이 흘렀네
그렇고 그런 시간이 수없이 왔다 갔네
그리고 지금
그가 다시 왔네
일없이
옛적 마을에서 건너온 시간이
반갑지도 않은지 모른 척 나를 지나가네
그를 알아채는 건 나
말똥말똥 그를 기억하는 나

특별한 조우도 없이
그가 내 앞을 지나가네
그렇고 그런 사람처럼
그때 그랬던 것처럼

# 우주적

아무렇지 않게
적막하게 살았다
적막하게
아무렇지 않게 살았다


생은
이도 저도 아니고 이도 저도 아닌 것이 아니고
아무것도 아닌 것이 아닌 그 모든 것 모르는 것


꽝을 포함하고 맹렬히 돌아가는 다트판 앞에서
제발, 제발... 하면서 그만
머리를 때리는 '꽝'에 날아가 박히는

그리하여 깨닫기 시작하는


드디어 꽝과 하나 되어 다시 돌아가는


이것이 전 지구적 섭리? 우주적

# 맞춰보세요

오고 있지 않나요?
올 듯 말 듯
오고 있지 않나요
모르게 가 버린 건 아니겠지요
익숙해지는 문제들
아름다운 문답들 문제적 답들


알아보기 시작했어요
여기저기 떠다니는 조각
맞추면 따악 딱 들어맞을(것 같은)
가로, 세로, 답들의 퍼즐


안녕... 하며 등이 기인 음악이 가네요

오세요
와서 이 모호한 비애를 감싸주어요
그러다 그만 떠다니세요
모든 것은 모든 것들의 답
당신도 하나의 퍼즐, 하나의 조각, 하나의 답


자야겠어요
안녕... 하며 나도 음악처럼 가야겠어요
내일 떠다니게요
퍼즐같이. 조각같이. 나도 하나의 답같이

# 누구십니까

삶이 이어지는 건
무슨 이유 때문인가
삶 속에 있는 수많은 일은
얼마나 오래된 습관인가


날마다 찾아오는 생을
이유를 모르고 맞이하고 있다면
얽히설킨 채로 맞이하고 있다면
그는 나를 비난할까?
스스로 무안해할까?
사람들처럼 충고를 할까?


당신은 누구십니까
어디에 속한 분입니까
당신도 '나는 나'이십니까?

무거운 몸 이끌며
비행기들 달 옆을 지나가고


절망도 없이 사는 일은
오래 있어 온 자들의 습관


당신은, 이런 몸들 가벼이 띄워 놓는
티 없는 진공입니까?

# 때 맞춰 오는 삶

삶은 서서히 온다
가끔씩 온다
시간의 어디쯤에서 오는지 알 수 없이
일생에 걸쳐 온다
일생을 걸려 온다


일생을 걸려서 온 오늘을
오늘, 받아들였다
받아들였다


엎드린다
이 느리고 더딘 경배


신의 시계를 차고
때 맞춰 오는 삶

# 생

구석기, 선사, 천사
시대의 유물인 양 출토하시어
불을 일으키려다
불을 일으키다


한 줌 먼지의 추억으로
훨훨 나비의 추억으로
펄펄펄 눈송이의 추억으로


잠복하는
영원히 잠수타는

# 다시 묻다

오래 산 것 같았다


인생 한 막이
불현듯 끝난 것 같았다
그만 살아도 될 것만 같은
나의 생이었지만
낯선 한 생


어제였나 언제였나 오늘이었나
어떤 생이 나를 시작하자고 한다


그럴 수 있겠느냐 내가 물었다

모래뿐인 사막
턱없이 소멸한 사랑을 지니고
너라면

# 그래서 더욱

아마 이러리라
삶은 죽는 날까지
아마 이러리라
어떤 것으로도 채워지지 않고
어떤 의문도 풀리지 않으며
아무런 문제도 해결되지 않고
무엇으로부터도 자유를 누리지 못하리라
생은 대체 어떤 거미줄에 걸려 있는 건가
그러나 그럭저럭
그럭저럭
빠져나가게는 되리라
이룬 것 없이 잃은 것 없이.
머리 위에도 한가득
보이지 않는 의문의 별들

이곳의 모든 것은 기이하고 신비로워
시간은 부족한 듯 지루하고
불구의 평화는 불안을 누리리라
그러나 의문스럽게도 의뭉스럽게도
궁극적으로
아름다운 이곳
고통은 넘쳐나는데
아니 그래서 더욱

2부

# 별처럼 떠서

따뜻한 밤이야
이럴 땐
나도 따뜻한 시를 쓰고 싶어
이상한 일이야
다들 따뜻함을 그리워하는 거
우리 속엔 차디찬 우주가 들어있나 보아
너와 나 사이가
별들의 거리만큼인


나는 계속 따뜻한 시를 쓰고 싶어
네게서 별만큼 떨어져

# 어쩌다 마주친

어느 별 끄트머리에
민들레같이 잠깐 깃든
조그만 영혼들이 좀체 채워지지 않는 신비
척박한 불모지, 다스려지지 않는
작은 영토 속에
그득히 우주가 들어있는
신비
그 안이 너무도 넓어
길을 잃고 가네
길을 모르며 가네
그러나 길 없는 우주에서 어딘들 길이 아닐리가
어쩌다 마주친 길 하나 붙잡고
한참을 매달려 가는 거지
매달려 한참을 또 가는 거지

# 웃음꽃

웃음은 어떤 비밀을 덮을 수 있을까
꽃같이
얼굴의 정원에서 피어나는 웃음은
저 아래 계곡에서 터지는
울음, 같은 것들을 덮어줄 수 있을까


꽃은 수치를 견딜 수 있을까
아프게 피어날 그 꽃은
어긋나는 날들을 견뎌낼 수 있을까
짓밟히는 시간을 견딜 수 있을까

수치에게 웃기로 한다
어리석음에게 웃기로 한다
자꾸 드러나려는 비밀
터지려는 울음에 웃기로 한다
나보다 더 깊은 이유를 가졌을 터이니
모든 아름다움에 보내왔던 찬양과 경탄의 미소를
이들에게도 똑같이 보내기로 한다
정원 깊숙이 들어온 이 불청객들에게
친절하게, 진실하게 꽃을 피워내기로 한다


지금 웃음은 눈물보다 깊고
수치는 신처럼 의로우므로

# 시간과 나

시간을 깔고 앉았다

시간엔 불편한 모서리들이 있다

시간 위에 누워 본다

더욱 불편하다

시간을 덮고 누웠다 무겁다

시간엔 내려오는 무게가 있다

이불처럼 시간을 질질 끌며

거실에서 주방으로 주방에서 저 방으로

사막을 이끌고

책상에서 밥상으로 모래바닥으로

순례

그를 들었다 놓는다

폈다 접는다

둘둘 말아 구석에 세운다

지도처럼 쫘-악 벽에 펼친다

오, 펼쳐지는 불가사의

바다가 지구에 묶인, 새삼, 쏟아지지 않는

불가사의를
모은다 섞는다
섞인다
나는 단지
시간의 알갱이
시간의
밥

# 불구의 명작을 위하여

시를 읽다 졸았다
한참 다시 시를 읽다
화장실에 갔다
실수로 머리를 벽에 부딪고
돌아와 다시 시를 읽는다


이곳 바다에도 난해한 섬들이 떠 있다
고독한 얼굴들, 몸들이 만나지 못하고
떠다닌다
나의 몸도 흩어진 채 떠다닌다


그러다 가끔씩 저희끼리 부딪히는 눈
눈빛, 손, 입술, 꺼내지지 않은,
어쩌다 꺼내져 피 흘리는,
심장들

생으로 완성되지 못하고
생이 다할 때까지 생 결을 떠도는
불구의 몸 불구의 시들

# 시

허의 어느 곳을 바라보았을 때
무의 어느 곳을 지나고 있을 때
그가 나를 보았다
그는
넘실거리는 여름 숲과
빗속을 나란히 달려오는
천둥, 번개
섬광같이, 그 사이, 혹은 그 뒤
삶과 눈 맞추는 그 때


일없이
오래 펼치고 앉은 나의 삶 대신
일어서는
저녁의 푸른 등

방향 없이 앉아있는
삶은, 단지 그를 알아보는 일

# 언젠가 한 번 본 적 있는

정확한 시를 쓰고 싶다
를 꿈꾸며
그렇게는 쓰여질 수 없는 시를


제 인생만큼 살면서
제 인생만큼만 쓰여지는 시를


그래. 그럼에도
나는 정확한 시를 쓰고 싶어
얼버무리지 않는 인생을 꿈꾸며


신을 닮으려는 그에게 인간적인 그에게
별 같았어요...
말해주는 시를

언젠가 한 번 본 적이 있는
그 깊은 눈동자에게

고 강영기 목사님께

# 장마

누가 막고 있는가
시처럼
마침내 오려는 그를
길목에서 누가 감히 지키는가
변심한 애인에의 소심한 분노
세미하게 부활하는 미세, 먼지
이웃 나라 먼 나라와
공연히 일으켜보는 머릿속 전쟁
갈라져야지, 터져버려야지
불안하게 싸우는 위태로운 불들을 지나
태산을 넘어 구름을 휘감고
달려오지 않았는가
쏟아지지 않았는가
장렬히 전사하는 戰士
때의
시(詩)처럼

# 폭우

비 오시면
온 창 다 열어
그의 달려오는 소리를 들이고
그의 습기
눅눅한 그의 열기
그보다 더 터뜨리는
그의 웃는 소리를 들인다


흙의 내음과 섞여 오는
그의 냄새
쏟아지는 그에게
파묻혀 함께 웃는
백만 번 참아낸
백만 개의 고통
물려받은 맑은 피로
낮은 땅의 것들 휩쓸어가는
바닥을 치며 자폭하는 저 사랑을

# 호루라기 불다

터널에서 호루라기 불다
어두운 터널에서 누가
종일 호루라기 불어대다


추운 바다 위에 떠
죽어버린 자의 입에 물려있던
마지막 희망


그 마지막 절망인 듯
호루라기 불어대다


귀 없는 자들의 귀 먹은 질주
질주는 졸지 않으리

표류하는 인간을 건져낸 차들이
바닷물인 양 밀려드는 텅 빈 바다로
파도를 몰고 오려는 듯 누가

# 2018 여름, 노을

불길한 미래로부터
불이 다녀갔네
거인들이 모는
불의 전차


미안해하며
저녁이 왔네
(불에도 서늘한 그림자가 있었네)


누르고 눌러놓은 기다림에서
파아란 고요가 새나오네
젊은 고요
저녁이 화안해지네

숨어 있던 불의 핏줄들
불안했던 예감들 위에서
더할 나위 없이
터지고


수렴되네 하루
잠시
소란스럽게

# 위태로운, 위태로운


쏟아지던 내막들이 뚝 그쳤다
감춰져 있던 내장들이
시간이 무르익자
온갖 장비로 파헤쳐졌다


삶에 비밀이 없어질 무렵
몸이 바람에 날렸다
더 높이 올라가
우주가 텅 텅 울리는
달과 해 사이
어울리지 못하던
빛과 어둠의 완전체가 되었다


백만 광년의 거리를 지키며
별들 그리움에 몸을 떨고

그럴 때마다, 지구의 바다가 출렁였으리라
나의 하루도 쓸데없이 좀 출렁이고


이제 비밀도 없이
지구는 태초인 양
무구히 돌고 또 돈다

# 신성

기다리는 자는
여전히 안에서 기다리시는가?
두 팔을
이젠 내렸을까?
거두었을까
비스듬한 눈길


거침없이 모른 체하는
생각도 않는 그들을
조심스레 먼저 알은체할 것인가?
하염이 없어
이제 잊은 것도 같아

그러나 저만치
지친 우리도 실은 기다리는 것 아닌가?
힘쓰지 못할 힘을
힘겹게 모으고 있는 것 아닌가?


그에게로 가는 비탈진 길 위에
이토록 겨우 서 있는 것 아닌가
비스듬한 그 눈길에
자꾸 미끄러지면서

# 마음속에 한 사나이

있네
좁은 문의
키를 쥔 사나이


부활했는데
부끄러워
액자 속으로 들어간 사나이
종일
벽에 다시 걸린 사나이
걸려 내려오지 못하고
거기서 하늘을 초월한 사나이


그에겐
비밀의 문 있네
그의 길로만
열리기로 한 문

고통스럽게
가물거리는
등불 걸려 있는

# 이 더운 여름

속엔 무언가 있는 것 같아
숨 막히는 공기 속에
무언가 숨어 꿈틀대는 것 같아
우리의 것이 아니어 못 박힌.


차들은 후텁한 공기 속을
매정히도 내달리네
인간에게 이끌린 냉정한 뒷모습으로
뒤엉킨 슬픔 막막한 슬픔들을
기쁨인 양 매단 채 기쁜 듯 내달리네
꽁무니에서 무한 변신하는
삶의 붓기, 허기

삶아지고 있어
혼미하고 불순한 삶들을 통째로 삶아내는
신의 깊은 입김이야 정화의 날들이지
오고 가는 이의 머리맡, 발뒤꿈치께, 다문 입술 사이
넘실거리는 생의 화염


삶을 태우는 여름 이 불길 속엔
서늘한 신의 삶이 있는 것 같아
부활하려는
신의 외로운 하루가

# 밤하늘

하늘이 젖어있다


만져줄 수도
달래줄 수도 없는


머언 미래에서

3부

# 사랑의 이기

너의 고통을 좀 빌려줄 수 있겠니
기울어진 나의 어깨 위에
미안하지만
네 고통의 소식을 좀 얹어주지 않겠니
(그것이 유일한 나의 위로)
치우친 나의 고통에게
네 고통의 슬픈 소식을
희소식처럼 보내줄 수 없겠니

# 없지

이제 가지 않지
그토록 오래 네게 있었으니
이제 나는 가지 않지
사랑에 예의와 순서가 있다면
혹 그런 것이 있다면
이제는 너의 차례


나는 이제 가지 않지
사랑엔 아득한 수평선, 같은 것이 있어서
지금 내 바다의 끝
나의 체온을 지키는 마지막 38도의 선
너머 가지 않지

# 오리지날 사랑의 법칙

당신이 나를 버린 후에야
비로소 나는 당신 앞에 수줍어졌습니다


당신이 돌아선 후에야
나는 비로소 당신 뒤에서 겸손해졌습니다


당신이 떠나버린 후에야
나는 당신을 향해 달려갈 마음이 되었습니다


이제 당신은 기약 없는 나의 내일
나는 내 것 아닌 날들에 드려지고 말았습니다
당신에겐 이미 소용없는 제물

당신보다 고통이 익숙한 나는
아무래도 고통을 더 사랑하게 되었나 봅니다

# 눈보라 치다

아름다움 내려오다
오다 말고
맘껏 내려오다
맹목의 아름다움이
망설일 순간 없이 훨훨 펄펄 휘날리다
지붕 없이 저 맹목을 받아 안은 나무들이
무작정 아름다워지다


눈부시게 사무치게 될 것이다
나무들은


바람은 평생 몇 번이나
저 아름다움을 저리 깊이 안아볼 수 있을까
차라리 안겨볼 수 있을까
그 기억 후에는
얼마나 깊이 사무칠 것인가

아랑곳없는 아름다움은
밤에 눈을 뜰 것이다
이내 사라질 그녀는 눈을 뜨고
자신으로 덮인 한 세계 위에서
먼저 사라진 것들을
그 사무친 것들을
밤을 새며 기억하려 할 것이다

# 눈물

잎들 떨궈버린 가지들 사이에서
오늘 유난히 새소리 우거졌습니다


자기 하늘 이고 잠시 날아온 새들
뭐라고 뭐라고 울다 갔습니다
눈물도 없이 가벼이 울다 갔습니다


강을 거스르며 올라오는
연어떼 같은 눈물이
이제는 없다 아득히 없다며
낯선 노래를 부르다 갔습니다


눈물은
이제 더는 오르지 않는

바라만 보다 아득해져버린
머언 산의 기억

어둡지도 환하지도 않은 오늘 흐린 날
무겁지도 가볍지도 않은 이런 한 날
눈물은
지하방 창가에 늘 앉아있는
다소곳한 저 화분 하나


눈물 떠나오는 계곡 오히려 아늑해
그 안에 잠시 앉아 있는 거라고

# 황무지

내 안엔 무엇이 있을까
내 안엔 무언가 사라진 것이 있어
봄이 오는 무렵
나는 돌아가지 않겠지
겨울을 돌보는 거지
깊은 겨울잠의 꿈이려는 거지


이유는 오늘도 없이
모든 곳에서 다다른 부재의 땅
무덤도 없이
존재가 기억하는
부재의 추억에 엎드려 있네

어디서든 만나지던 쓸쓸한 싸인이 있었네
높은 곳을 향해 흩어진 힘 센 힘들
힘없는 힘들만 앙상히 남아
황무의 평강을 돌보고 있네
꽃의 수분들
순순히 바람 속으로 들어갔네


바람이 된 강이여
가 본 적 없는 어느 다리 아래
본 적 없는 사랑이 흘러갔다고

# 한날

그날 하늘엔
낮달 지나 저녁달
그 아래 전깃줄에
어떤 새가 아름답게
운 건지 웃은 건지
한참을 울고 웃다 날아갔고
그 아래 화단엔
모란이 피고 있었다
봉오리가 절반, 반쯤 열린 꽃잎 속에
나비가 아직 모르는 향기
티 안 내려 했겠지만
어쩔 수 없는 햇빛이 화안하게
곁에 있었고
낡은 벽에도 그 볕 가득
벽이 모처럼 순하였다
등이 따뜻했다
처음인 듯한

내게 다정한 나의 등

그날

이른 저녁달과

웃거나 울다 날아간 새소리와

주춤주춤 꽃 밖으로 나오려던 향기와

사방 가득했던 별의 고요

또... 있었다

이들 사이

별을 흔들고 꽃잎을 흔들고 그림자도 흔들어보던

바람

그리고

나의 안 어디

나의 밖 어디

없으면 좋겠는

이제 없으면 좋겠는

너도, 그날 거기 있었던 거 같아

# 날 지다


머릿속을 꽃가루처럼 날아다니는
비존재의 존재들
염려하는 염려
조바심하는 조바심들
확신의 꽃들은 어디에서 피고
믿음 없이 날개 단 꽃가루들만
머리맡을 광야 삼아 떠다니는가


홀씨들
세상 가벼운 집들
내려앉는 곳이
생명이 내리는 우주
삶이 잠깐 함께 떠다니고

휴일의 소일거리인 듯
어떤 이를 생각하네


안개였던 시간 속
거슬러 헤엄치던 기억
성긴 공기의 틈을 흘러가던 강물을
미처 읽을 수 없었네


알맞게 날들이 갔고
지금 알맞게 날이 지네


사라지기 전의 빛이 그때처럼 아득해지고
위태로운 외로움이 어둑어둑 함께 저무네

# 그림자 두드리기


그림자라 하였다
그림자가 하였다고


그림자가 그리는 그림
아름다웠다 이끌림


그림자가 그리고
다시 그림자가 되었다
그림자 속으로 들어간 그림자들


너는, 나는 그림자 그림
몸으로, 몸으로 남겨놓은
그림자 그림

두드려봐


너의 안이
나의 안이 왜 저리 어두운지

# 개화

### - 자목련

목련이 피고 있는 창밖
목련으로 피고 있는
저곳의 시간과 그 결의 공기를


꽃이 되고 있는 나무를
봉오리에 집중한 끝의 겨울을


기억하리
살아나는 죽음
죽음이었던 생명을

거기 있을
영원한 순간


꽃에 이르른 절벽을

# 라일락

꿈은
봄날이 지나갈 무렵
길목에
보랏빛 등으로 서 있곤 했네


시간이
꿈속으로 들어가네
향기나는 길


등불이 흔들리네
닿았는가?
흩어져버린 생의
아득하고 아련한 근거

시간을 흔드는 꽃
사라진 생을 흔드는 꽃


향기가 길에서 종을 치네

# 장독대

간장
된장
고추장
햇볕 속에 익어가던


금가고
깨진
빈 항아리들
함께 앉아 있던


들여다보면
종소리 울려오던


아득하고 아늑한 빈 몸속이
온통 하늘이고 울음이던

# 달의 항해

이 포근한 밤의 이불과
아늑한 어둠의 바다
회리바람과 소용돌이는
낮의 일
낮의 무게를 내리고
어둠이 돛을 올리면
달의 항해는 시작되지
떠나간 해의 연민 속에서
달은 이미 시작되었지
달의 항해


고요가 돛을 펼치네
고요는 달의 일
어둠을 밀며
달빛이 오네

# 비 온 뒤

이제 비가 그쳤나...?
하면서 창에 맺힌 방울들이
방글방글 떨어져 내린다


이제 비가 그쳤나... 아쉬운 나는
창에 머리를 기댄다
빗방울들이 글썽글썽


머릿속에 매달린
그친 비의 방울들
비 맞은 멍울들

# 어느 부부

아픈 듯한 부부
아직 어린아이들의 부부
나지막한 언덕같이
부드럽게
조심스럽게
기우는 부부
타인을 위한 부부
같은 부부

# 미세먼지

이 미진한 눈 앞
희부연하게
안개에 갇힌 생들이
빛이, 하늘이
재를 뒤집어쓰고
우울하다고 이 안개는 우울하다고


웅성거리는 재들
재의 추억들
부유하는 생의 잿더미들


대륙의 질주 바다를 건너
여기 이리 되어 버렸네
아무도
재 가운데 앉아 회개하지 않는
미드, 눈 먼, 우울

# 신의 서

신은 밑 없는 삶을 주시고
밑도 끝도 없는
시를 주시고
뒤늦게
자신을 주셨다
알아차릴 수 없었다
인간으로만 넘쳤으므로


표류하는 바다에서
꿈에서 깨어나는 이곳이
그의 품
아직 읽히지 않은 그의 책들
막막하고 먹먹한 도처에
그의 시들

# 고요

고요에 귀를 기울이면
고요에 깃든
고요에 묻힌
고요에 숨어 있는
숨죽인 소리들의 숨소리를 들을 수도 있겠다


그 고요가 어둠 속에 있을 때
작은 벤치 위에 앉아 있을 때
나는 밀물처럼 그에게로 밀려가고 싶네
그렇다고 물밀 듯이 밀려오지도 않는 고요는


거기 그곳에만
가득히 앉아 있네

하늘과 땅에 켜진 불빛들
그들이 저 고요를 파수하고 있는 걸까
그가 지켜내는
이 피안 같은 꿈결


이제 어디로든 번지며
스스로를 벗어나는 고요는
자기 안에 숨죽인 은밀한 소란들–
음모를, 우울을, 유배된 진실을, 진심을
휘언히 듣고 있는 것
들려주고 있는 것

# 바다

그는
물의 제국
땅끝에서 나를 떠안고 있네


절벽 끝에서 달려오는 처음


그 처음의 끝을, 끄트머리라도
잡아야지
아름다운 억겁의
걸음


다시 멀어져도
어리석은 두 손 사이로 흘러 떠나버려도
받아야지 바다

억겁의 결
억겹 비밀의
숨 막히는 부드러움


그것이 전부인 바다
안아야지 받아

# 든다

나는
나와 나와 놀고
들어가 놀고
나는 집에서 나와 놀고
들어가 더욱 나와 놀고
종일
들락거리며 놀았다


그러다 어스름


등불 하나 창에 걸고
저녁 곁에 선다


어둠이 창에 몸을 묻는다

창에 가득한 어둠의 얘기를
들여야지
밤엔
들어야지

# 말해보다

1.
걱정마요

어제는 4월의 마지막이

오늘은 새로 온 5월이

곁에 있어요


2.
나도 그러고 있다고

살아, 있다고

퍼렇게 살고, 있다고

손등 위로 솟아오른 혈관들이

3.
염려 말게

꼼짝 안 하고

그대 곁에 있으니

사랑도 아닌 그대 곁에

# 노을

진심, 전심으로 없는 존재에 스며들기

정성을 다해 광활한 공간에 떠있기
온 힘 다해 힘을 빼고
진정 먼지가 되어야지

한 끼만 마저 먹으면 오늘 먹어야 할 생의 양을 채울 수
있다
오늘 하루 내 삶의 양
나를 먹고 자신을 채우는 하루
생은 왜 나를 굳이 필요로 하지? 이 쓸모없는 양식을.
이것이 오늘 남은 한 끼의 질문

언제쯤에야 아무렇게나 존재할 수 있을까

솔직히, 나는 내 역할에 싫증이 났어

질린 것 같아 내 역에.
잘못 살아보라 주어진 나의 역
끝나기 전에
새로운 역을 달라고 해봐야지

통째로 모두 받고
고스란히 여기 묻고
아무것도 아니게 화알짝 비어
아무데서나 밝은 허가 될까 봐

그러면
죄 없는, 까닭도 없는 사랑들
사랑은 없어... 고개를 끄덕이는
철든 사랑이 깨닫는 사랑은...

내 몸에서도 자꾸 노을이 흘러나와

별들을 피해 별 같은 비행기가 지나가네
벌써 밝은 저녁별들
달은 저 자세로 오늘 밤을 새우겠군

하루는 저기서 무얼 저리 깨닫고 있는 건가 도대체

# 고독

고립하라
때에 맞게 웃지 말라
새삼스럽게
웃지 않는 긴 호흡을 배우라
웃음은 얼마나 가까운 전략
허술한 방패인가
웃지 않고 사는
슬픈 법을 배우라
과자처럼 부수어지는 웃음 그치고
반석 같은 눈물로 집을 세우라
웃음의 홍수에 떠내려가지 않을
반석 같은 눈물의 집을

# 빈 별

끄집어내고 있어
아무것도 없는데
자꾸 나오라고 해
사실, 아무것도 없어
머엉하고 휑한
빈 집이야
그래서 그들이 들어와 떠들고 있나봐
낮엔 빛, 밤엔 어둠. 바람, 구름
심지어 사막까지.
(떠든다고 해서 미안!
사실 그들은 고요의 왕)


빛나기만 해
별인 것처럼

세미하게 빈 집을 점령한
누구와도 헤어진 마음
피의 가루
뼈의 목소리
불의 껍질
모두 태워버린 시간의
재


우린 원초적 가족
차별 없이 미세하게 어울려 있지
(고요는 여전히 등이 푸르군)


빛나줘
너는 먼지의 제왕
별이잖아

# 불 켜진 집

내부 훤언히 보이라고
밤 새도록
불을 켜놓은 집이 있다
낮엔 가려있던 허한 집
'분양 중'머리띠를 두르고
밤새 소리 지르는 집
그 소리 너무 화안해
뜬금없는 집


불 꺼진 집들은
지쳐 잠이 들었지
비명을 지르다 말았지
규격에 맞춰 접고 자른 팔, 다리
꿈속에다 곱게 구겨 넣었지

꿈속에서 들리는
집들의 비명
손발 잘린 것들이
나오지 않은 별들을 분양 중

# 낮달 1

절망적이야
저 달의 어중간
있는 건지 없는 건지
바보같이 멍청히
저리 떠있는 건.
어리숙하지
아직 때가 아닌데 미리 나타나는 건


저기도 생인가 보아
흐릿한 게 잘 보이지 않는 게
비릿한 빛과 형체
산 건지 죽은 건지
죽을 건지 살 건지

애매한 저 얼굴로
웃을 건지 울 건지 정하지 못하고
웃고 싶은지 울고 싶은지 자신도 모른 채
쓰윽 나타나 버린
아무도 궁금하지 않은 암호


꾸물거리며 물끄러미
생의 한가운데
떠있는 한은
달의 한가운데

# 무엇이 남았을까

있게 되겠지
가늘게 이어지는 어떤 선으로부터
조금씩 벗어나 한 점이 되어있을
기쁨 혹은 슬픔의 기억
그것들이 지니는 모호한 아름다움을
이해했거나 오해한 채
그때부터 부재하는 존재로


그리 되겠지
새겨진 선의 고통
어디쯤에선 사라질 점의 고통으로


덕분에
살아남아야 할 것은
미리 건너간 곳에서 안전하고

믿음 없는 곳의 가장 믿음직한 폐허를 이끌며
있게 될까 나는?
온통 있는 이 세계 속
어떻게든 존재하는 부재로

# 도처에서 오는

아무래도
가느다랗게 이어지는 선일 뿐
넓이는 허에다 집을 지었네
어디서 끊어질지 모르는 채
거미처럼 실을 뽑는
삶은 다만
거미줄 같은 가늘고 기인 외로움
그 외로움에
우주가 걸려있을 뿐
그곳에서
추워진다는 기별이 올 때쯤
눈송이들 날리겠지 우주의 네트월
어깨 위에 거미줄 위에
내려앉겠지 소식들
온기에 닿자마자 허물어지는
먼 먼 곳의 무소식들
외로움의 고향은

아무래도 그 우주일 테지
설레며 지구를 찾아와 여행하고
지구를 안아주고, 안기고
마침내 지구와 하나가 된 거겠지
어디엔가 있을지 모를 기분 좋은 나라에선
새소리 날아오르겠지
어디에서도 오지 않는
소식을 기다리며
어디에서나 오고 있는
무소식을 기뻐하며

# 어젯밤 하늘

슬픔인 듯
달이 하늘에 번져 있었다


어둠은 달에 번지고
달은 구름에게로 마저 번졌다


별들은 저만치서 머뭇거리다
빛을 꺼 버렸다


오늘 저기가 왜 저럴까
궁금하지 않은


땅은 울울창창 불빛

4부

# 11월 1일

그대는 똑바로 왔는가?
비틀거리지 않고
어둠 속을 똑바로 걸어
이제 11월이 되었는가?
하나와 하나
외롭던 둘의 하나 됨
그대는 한 달을 내내
하나처럼 서 있을 수 있겠는가
오늘 첫 하루
쓰러지지 않을
문을 열었는가?
문이 되겠는가?
왠지
의로운 11월

# 12일

11일이 가고 있다 밤
12시가 되자
11일이 사라졌다
자기 모습대로 뚜벅뚜벅 두 발로 걸어
먼저 간 날 먼저 간 자들에게로
스며들었다
흔적 없다
아니, 하루 종일 수고하여 낳은 12일을
두고 갔다
낳은 분신을 두고 가는
11일의 깍듯한 뒷모습을
태어난 12일이 원망 없이 바라본다
오직 하루를 살고
자기도 가야 하는 곳

# 11월

11월이 한 걸음 한 걸음
또박또박 걸어가버리기 전에
그의 걸음 사이로 쓰윽
들어가본다
11월의 걸음 사이엔 아직
잎들이 있다
이대로 끝날 것만 같은 사랑
어루만지는
단풍 든 손이 있다


11월의 걸음 사이엔
막다른 쓸쓸함, 이제 곧 허물어질 가을의
허기, 같은 것이 있다. 그럼에도
흔들리지 않는 11월의 두 기둥 사이엔
잡히지 않는 바람이 있고
네가 있고
추운 미래가 있다

아마 거기서 올 것이다
바람은 거기서 불고
온다면
너도 거기서 올 것이다
내일도
너 없이 그곳에서 외로이 올 것이다

# 삼천포

사과 한 알이 남아있다
아침의 식탁을 위해
미세먼지 속에서 건져온
야무진 열매
그리고 오늘이 한 30분
시간을 사러 마트에 갈 필요는 없다
가만히 있어도 내일은 배달되어 오니


거의 무진장의 내일
어머니가 태초에 주문 예약해 둔
배달된 하루는 남김없이 먹고 비우고
빈 그릇은 문 앞에 얌전히 내놓을 것.
그러나 수많은 소화불량의 증세들
내일의 메뉴는 누구도 모름 어머니도.
특별할 것도 없이

그런데, 공짜가 걸린다구요?
하면, 가끔 밥값을 하시든가요
어머니 용돈을 올려드린다거나
하늘에도 좀 던져올려 드린다거나...


그러나 진정 우리의 밥값은
고통
끝없는 이 하루의 고통

# 조금 흐렸던 정원

정원으로 들어선 아이와
뒤따라오는 엄마는
떼려야 뗄 수 없는
피로 그린 그림
아이가 맴을 도는 모든 자리에
엄마의 핏줄이 그려진다

조금 저만치
그들을 지켜보는 아빠
그림의 완벽한 구도를 이루고 있다
떼놓을 수 없는 피의 가족화

아이의 결, 엄마의 등에서 불어오는
왠지 쓸쓸한 바람에조차
그들 피의 내음이 묻어 있다

어린 핏줄이 또박또박 내게 걸어왔다

덕지덕지 끈덕지게 걸치고 있는
나의 누더기를 알아본 것인가

bonjour?
Ça va?

새싹 같은 외로움이
낡고 낡은 외로움에게 건네온 인사는
의외로, 아니 당연히
밝고 환하였다

생이 늦게, 늦게 닿기를......

# 날씨

옆에서 놀던 아이가
날씨가 파래요, 한다
파란 날씨...
비가 깜박거리네?...
내가 속으로 말했다
말들은 가라앉았고
어떤 말들은 떠다닌다


죽음을 무찌르는 막시무스는
지금도 용감히 죽음으로 무장하고
모든 순간을 구하고 있겠지
쏟아질 빗속으로
벌판이 달려가리
휘날려야 하는 풀들의 함성

순간에서 자신을 구하세요
원수가 없는 우리는
그러게 누구에게 복수해야 하나요
복수에겐 이제 임자가 없어요
무사한 이 순간이
소문 없이 죽음을 무찌르고 있으니까요

# 즐거운 소풍

아내를 그네에 태워놓고
남자가 딴짓을 한다
아내인지 아이인지...
혼자서 열심히 그네를 타는
아이 아니면 아내
가끔씩만 그네를 밀어주는
아빠 아니면 남편
함께 있는데
보는 곳이 다르다
이젠 아예
남편인지 아빠인지
뒤돌아 서 있다
그래도 여전히 열심히 그네를 타는
아이인지 아내인지

다행히
아빠인지 남편인지가
열심히 그네를 밀고 있다
가만 보니
그녀는 아이 같은 아내


오늘의 풍경이 완성된다
조금 떨어진 돗자리에
발들이 모여 있다


다시 시작된 그네 타기
다시 즐거운 안에 아이
집중하는 발의 가족들

# 밤에 현존 2

등불 모두 꺼진 밖은 온통 어둠
빛 없는 몸과 마음이
온전히 어둠에 드려졌네


어둠을 공기처럼 들이마시며
누군가는 오르고 있는가
이곳의 히말라야
감히, 가장 높고 깊은 곳


처절하게 아름다움을 믿으며
희박한 공기의 경계를 넘어서고 있는가


그의 믿음을 위해
아름다움은 뜻밖의 곳에서
깨어나고 있을 것인가

밤은 한 송이 짐승
어둠을 마시며 꽃처럼 피었다
죽어버리네

# 부재명사전

사랑–아무도 모르게 지구를 떠났네
수중에 추상이 없는 자들은
만지고 싶은 구상을 찾아
장터를 헤매네
잃어버린 지갑


돈–완벽한 유명인사. 완성된 물질화 명사
타의 추종을 불허하며
없다고, 언제나 없다고, 있어도 없다고
가끔은 없는데도 있다는
있을수록 없어 보이는
어이없는 인사


위험하고 위태롭네
있는 듯, 있을 것 같다는
어딘가엔 있을 거라는 믿음

이외에도 많음. 생각해보시앞
머릿속 뒤져보기
머릿속에 꾸겨져 있는 부재중 인사들

# 서의 하늘

동으로부터 서서히
시간이 밀려와
서의 하늘에서 장엄을 이루고 있다


날마다 저 일은 되풀이 되지만
날마다 저렇게 드러나는 것도 아니다


펼쳐지는 저 서의 장엄은
하루를 살려낸 모든 생명에 바치는
하늘의 헌화


하루는 서의 하늘이 있어
그리 서운하지 않네

바라보는 자가 구원을 얻는다 했던가
저 서의 하늘

# 고통 3

여름의 안
여기 온통 여름의 안
(여름의 안이건 겨울의 안이건)
살고 있죠. 생은 막무가내라서요


시간은 늘 그렇고 그랬습니다
미뤄지는 신의 약속, 부풀어 충만해져 있고
바람에게선 기적이 없네요
낯선 대답의 어떤 흔적도.
누가 이 답 없는 나라를 다스리나요

이유도 없는 안개의 나라엔
온통 흔들리는 눈빛들
사소한 내막들
그러나 함부로 버릴 순 없죠
쌓여가는 고통의 지폐
잘 쓰고 지내죠
그것으로 먹고 그것으로 걷고 그것으로 숨 쉬고...


자유로운 그만이 이곳을 유지합니다


안개인지 시간인지 공기인지 신인지
헷갈리는 여기 그의 독재국
이끌리는 줄도 모르고 이끌린
은은한 그의 품 속에서
저는 오늘, 오늘도 모호합니다

# 이사

맞지, 삶은 짐
짐으로 남은 삶을 옮기네
오래 되었네
뒤섞이고 뒤바뀐 삶의 내용들.
들여다보고 확인하네


쓸 것들 못 쓸 것들 섞여 있는
안 쓴 것들 안 쓸 것들
쓸데없이 지니고 싶은
빙의된 몹쓸 것들.


그것들과 섞이다
주와 객이 섞이고 전도되고
어느 때쯤 정체 없어졌네

짐이 집을 옮기네
수습된 물건들과 수습되지 않는 형체 없는 것들이
서로에 기대어 살아가려고
서로에 순종하며 살아보려고


벼룩이 뛰듯 이사를 가네

# 산책

외로움이 있을 것이다
폐허, 쓰레기더미같이


떨어진 빛의 등을 밟고
가까운 시간 속으로 들어간다
근처에 숨어있는 봄의 얼굴
바람이 겨울의 힘으로 불고 있지만
보이는 듯하다
오래전 봄의 표정


잊고 있었다
미처 모르고도 있었다
이미 오래 살고 있다는 것
벌써 이렇게 되었다는 것
봄이 이렇게나 여러 번 오고 있다는 것

행복한 요양병원 앞을
흐릿한 두 노인이 느릿느릿 흘렀다
구름 덤불


거기 있을 것이다
두고 온 외로움 말고


봄의 일을 기억하는 오래전 덤불들이
폐허, 쓰레기더미같이

# 슬픔의 전설

슬픔의 유래를 나는 알지 못한다
그건 너도 마찬가지일 것
내가 태어나기도 전, 어머니의 태로 전해져오던
어머니
어머니의 어머니
아버지
아버지의 아버지...
슬픔은 그렇게 내려왔을 것이다
까마득한 곳에서 내게로 왔을 것이다
별빛


슬픔의 유래엔 그래서 신이 있을 것이다
거슬러 거슬러
태초에 신이 슬퍼한 전설
슬픔은 아마도 그로부터 전해졌을 것이다
별빛

지금 네가 슬퍼하고 있다면
그건 너의 슬픔이 아닌 것
네 안엔 계보가 있을 것이다
신의 계보
별빛의 계보
너는 별에 가까운 것이다

# 남아 있다

몇 개 안 나온 별들은 어두웠다
아니, 그건 아니다
셀 수 없는 별들이
나뭇가지마다 걸려 있는 거였다
하늘이 나무에 와 있었다
소리들도 공중을 또렷또렷 걸었다
비 온 뒤의 고요, 비 묻은 고요는
호수처럼 고왔다 빗방울보다 부셨다
발자국 소리, 웃음 소리, 내려앉지 않고 공중을
건너갔다
그 주인들조차.
밤으로 넘어가는 제각각의 걸음

운명은 필경 아름다울 것이니
숨어있는 별들에게 내 운명을 건다
나는 이제 애매하지 않다
좀 더 분명해졌다
또렷이 외로워졌다
보이지 않는 별들 외에
아무 것도 그리워하지 않을 만큼


운명이 남아 있다

# 매미 울음

나무보다 더 우거진 매미 울음
매미가 이끄는 8월의 울창한 더위를
바다 한 점 없이 헤엄치고 있다


파도인 듯 달려오는 맹렬한 울음
어쩔 수 없이 바다가 밀려오고
매미는 바다의 목청을 높이며 울고 또 운다


바위같이 꽉 찬 울음
무성하게 잎들을 매단 울음
그 울음으로 허물을 벗고
눈물 없이 이곳을 건너려 하나

저무는 곳으로 바다를 돌려보내고
다시 우는 울음
바다를 덮는 울음


울 바엔 이렇게 운다고


뿌리로부터 솟구친 여름
얼마 남지 않은
한 떼, 한 때의
울음

# 하루의 문

저녁 늦게, 문을 닫는다
아침에 열어 펼쳐놓았던
물건 없는 가게


옛 적 여름엔
거의가 열려있던 문들–창문, 방문, 대문까지
요즘엔 아무도 열어두지 않는다
불쑥 누가 들어오지 않아도
새어나갈 비밀 없어도.
(전기세 때문이라고 하자)


두렵고 떨리는 문들

용건 없이는 삶도 들어오지 않으니
우리집 문에는 용건이 없나보다
삶은 굳이 우리집 문이 필요치 않나 보다
인적 없는 문
인적 끊은 문


인적은 피곤하고 한두 번 필요하고
외줄을 타야지 한 손엔 부채를 쥐고
우리집 문은 단지 바람을 위하여 낸 문

# 아침이 내게

꿈 속에서
엄마가 또 집을 나갔다
애타게 엄마를 찾다가, 기다리다가
깼다


차이가 있을까
안타까운 꿈과 현실의 차이


불행하다 아침은. 어디에서 어떤 운명을 데리고 왔는가
행복은 행복끼리 불행은 불행끼리
꽃밭에서 모여 살았음 좋겠다

차이를 만든 신의 솜씨. 질그릇마다 아름다운 고통을
채워놓으셨으니
안개가 스르르 악마의 미소를 가려주네
슬픔은 꽃처럼 피어나고
꺼지지 못하는
고통스러운 등불이 우리를 인도하리라


두 눈밖에 살아 있는 건 없다
친구도 동지도 없이
원수도 사랑해야 하는 무거운 하루


질그릇 속 분량을 위해 니가 필요한 거야


라고 아침이

# 호접몽

꿈속으로

나비 한 마리 거의

들어오려다

아차!

한 것처럼 급히

몸을 돌렸다

아차?

까딱하다

내가 될까 봐

# 낮달 2

그러기로


가난한 창들에 나누어 준
하늘 들여다보며
누구에게도 별 도움 안 되게
누구에게도 끌리지 않게
잘, 보이지도 않게